とわの雫

本当の私と出会うために……

ちぐさ

日本文学館

プロローグ

紛れもない
今の私　そのままを知ってほしくて……
ここに生きた証として残します。

どこか

ある人が言った
その先には天国か地獄が待っている
人は皆
そのどちらかにふりわけられるのだと

また　ある人は言う
風になり
大空を吹き渡るのだと

隣の人は

ただ深い眠りにつくだけだと言い
それは永遠に……だそうだ

彼女は
何もない
無になると言い
彼は
魂となって
宇宙を旅するのだと言いきった

そんな事はどうでもよかった
半分の恐怖と
もう半分の希望を胸に
わたしは今を生きている

とわの雫　本当の私と出会うために……

目次

生きる……57

いのり……87

エピローグ……105

闇

へそまがり

なにも　かわらない　あなたと

すべてが　かわってしまった　わたし

このよに　かわらないものなど　ないと　しっているくせに

かべを　つくり　せをむけるのは　いつも　わたし

おもいこんでいるのは　きまっている

わたし

うらはら

あなたの姿を妬んでしまわぬよう
　私はきつく瞼をとじる

あなたの未来を羨んでしまわぬよう
　両手で耳を覆ってしまおう

あなたに嫌みや皮肉を言ってしまわぬよう
　歯を食いしばり　唇を一の字にした

　　気がついたら心を閉ざし
　灰色の空気に覆われた私がいた
長く細く息を吐きながら空を睨みつけた

好奇

その驚いた視線が　私を刺しつらぬく
二度見する二つの目が　私を切りつける
　憐れむ瞳が　私を息苦しくさせる

　　　だから私は
帽子を深々とかぶり　自分の顔を隠そうとする
　存在をなくしてしまいたい
　　そう思いつめてしまう

　　本心ではないのに

ものさし

ささやかな幸せを
測るものさし

私の物はパキリと折れて
使うことができなくなりました

誰か貸してはくれませんか？
ほんの少しのあいだでいいのです

けれど　私は知っています
誰も貸してはくれないこと
貸したくても貸すことのできないこと
奪い取ったところで
私のものさしにはならないことを

ゆずり葉

私があなたのルーツになる時
古い葉になり
枝から離れ
土に戻り
あなたの助けになればいいと思った

今の私は夏の青葉
貪欲に日光を浴び
雷雨と踊り
台風と歌う
まだまだ伝えたいことがあるのに

いつの間にか忍び寄っていた病
青々とした葉先は変色し

はりを失い
どんどん蝕まれて
枝から離れ落ちてしまいそう

私はゆずり葉
自分の役目も半端なまま
あなたの助けになる事もなく
突風に煽られ
散ってしまう運命なのだろうか

夢

夢を見ました
あの日から三カ月目の夜
薬の魔法に身を任せ
痛みのない世界にいました

夢の中
微笑んでいるのに
涙を流している
テルテル坊主のような私

夢から覚めて
痛みの感覚が増す中で
自分の今を
初めて認めたのだと思いました

悪夢のような現実
あの頃を懐かしみ
追い求め
自分を救う薬に苦しみ続けた日々
ステップアップ！　これは通過点
そう言い聞かせてはみたものの
潤みはじめた涙を
止める事ができませんでした

痛み

絡みあった痛みを解こうとするけれど
　　追いつけない
痛みにはこんなにも種類があるなんて
　　知らなかった
知ろうとしなかっただけなのかな
いや　経験しないとわからないよ
　　これだけは

たんたん

何かしなくては
何かを残さなくてはと
焦り　考えあぐね　項垂れる
何ができるというのだろう　こんなにちっぽけな私に

朝の月

暗がりの中
ひとりゴソゴソ起きだして
凍てつくアルミ窓を開けてみる

私を慰めるよう
冬の澄んだ空気が
私の横にそっと腰かけた

朝の月が見守る中で
そっと帽子をとり
掬い上げた水を頭にかける

視線に怯える事無く
素直な気持ちで

褒められている子供のように
そのままの姿で月を見ていた

とりこしぐろう

こんな時は　どうすればいい
こうなったら　こんなかな
こうしたら　どうだろう
　これは　どうする

　誰も知らない未来
これからおきるかもしれない事
おきないかもしれない事を
　あれこれと考えている

　ばかばかしい
答えはその時にそこにいた者がだせばいい
　譲りあう結果になろうと
罵声が飛び交う事になろうと

とりこしぐろう

こんな時は　こうなったら　こうしたら　これは
答えはわかっているのに
順繰りとひとまわりしては
また考えている

難しい事

ひゃくまんかい悔やんでも
バケツいっぱいの涙をながしても
なにひとつ戻ってはこない

ずっと笑っていたり
明るくふるまっている事は
そのすうひゃくおくばい難しい

どうしたら自然で
私らしくいられるのか
ありのままでいられるのだろうか

哀しみ

そんなのいらない　と　あなたは言う
そんなにたいせつなのか　と　あなたが問う
そんなもんか　と　あなたはうけながす

そんな　で　かたづけられてしまう
　わたしの乳房が可哀想
やわらかく　あたたかで　力強い
ポカリとえぐれた胸は　息をするたびに
　冷たく凍えているのに
こころはいつも　震えているのに

若き君たちへ

今はわからなくても
焦らなくていい
いつかどこかできっと
気がつくから

気のせい？
だぁれも焦っちゃいない
私だけ？
たった独りで空回り

やじろべえ

あなたならわかるでしょ?
気持ちが大切だって
このからだを気持ちが支えているって
気持ちひとつで一日が変わるってこと

どうにか
どうにかと
頑張る私は　やじろべえ
疲れてしまって揺らぎながら指先から落ちた

悲劇

いつから人は
悲劇を美しいと言うようになったのだろう
悲劇を感動とすりかえるようになったのだろう

悲劇は何処まで行っても悲劇のまま
行き着くところなどないのに

救いはただ一つだけ
悲劇の波に溺れ　もがく人
彼らの心にそっと芽吹く希望だけ
悲劇は何処まで行っても悲劇のまま
霧のたちこめた迷路を彷徨っているよう

救いはたった一つだけ
悲劇の泥に埋まり　潰れてしまいそうな人
彼らの心にぽっと灯る希望だけ

めざめ

どうにもならない事を　教えられ
　どうにかなる事を　知り
　どうにかする事を　学ぶ

私も君も　誰もがすすむみち
　気づかされているのに
気づくか　気がつかないかは
　　人それぞれ

のぞみ

ハグ

わたしはあなたと
ハグをする

あなたがわたしを忘れてしまわないように
わたしがあなたを永遠に憶えているように
強く　優しく　いたわりながら抱きしめる

心から感謝をこめて
あなたにわたしは
ハグをする

私

そう　あの日から何もかも受け入れてきた
ひとつ受け入れ　ひとつ失い
ひとつ受け入れては　何かを諦め
ひとつ受け入れるごとに　自分が壊れてしまうよう

いつまで
あと何回
どんな事を
受け入れなくてはならないの?

道化師のように笑い
梅雨の明けない夏の日のように泣く

カプセル

たとえば　神様からのプレゼント

〝命は縮むが　幸せに満ち溢れた一日をすごせる〟カプセル

痛みも苦しみもない……

握りしめた私はどうする？

手のひらの上　転がしては見つめ

つまんで陽に翳しては眺め　キスをする

何度も何度も　やさしく磨いたり

ハンカチに包んでお守りにする

弾む気持ちを抑えられず

ただ嬉しくて

大切すぎて　のむことができず

いつか　いつの日かと先送りして

骸になっても握りしめたままなのだろう

きっと

夏の香り

季節を色にたとえよう
香りも色に変えようか
気持ちも色であらわせるね

生かされ　生きてきた一年
順繰りと季節を巡って
今の私がいる

夏の香り　ため息まじりの浅い呼吸
木漏れ日揺れる　壊れはじめた体の上
苦しみに彩られた日々が蘇る

パレットからはみだすほどに

からだ

生きていることに感謝します
生かしてもらっていることを感じています
けれど　年齢の数年先を生きるこのからだ
変わりすぎた姿を映す鏡
目を逸らすこともなく
まじまじと　わざとらしく　意地悪げに
強い意志をもって私は見ている
あの頃に戻りたい
綺麗になりたい
そう思うことは欲張りですか
今の私では

天使

私に舞い降りた小さな天使
　やわらかで
　あたたかくて
いつも夢をみている

泣く私にそっと寄り添い
　上目づかいのあと
無邪気に微笑んでいる

次々にするいたずら
　汚すのが大好きで
やんちゃな瞳を黒くする

私のもとへやってきた小さな命
なぐさめと　いたわりと　やさしさ
なごみと　いやしをもつ君に
ありがとう

ずっとそばにいてね……

呪文

毎日が単調で
痛くて
独りぼっち

希望が底をつき
空っぽな私に残るのは
不安と絶望だけ

「大丈夫」
そう言うあなたに
救われる

私よりも私を知っているあなた
嘘をつくことなく

現実だけを見つめている

大丈夫　大丈夫
呪文のように　何度も唱えてほしい
空っぽな私のために

心が希望で満たされたら
また前を向いて笑える
痛くても耐えられる
独りぼっちを恐れないですむ

あなたが大丈夫と言えなくなるまで

荷物

ひょいと荷物を担ぐように
私の痛みを感じてみて
あなたが認めてくれたなら
もっと我儘を言えるのに

長さ

百三十七億
四十六億
四十一

ねぇ　ホッとするでしょ
私だけかな?
だって比べようがないじゃない……

叶うなら

もういちど
5本の指で
髪をすき
風に靡かせ
シャンプーの香を感じてみたい

もういちど
明日を気にせず
気軽に
約束を
してみたい

我儘だろうけど
もういちど

あなたと
気がすむまで
喧嘩をしたい

叶うなら
もういちどだけ

梔子の花

また逢いたいね
こみあげる愛しさ
香る花びらを　撫で
艶やかな若葉に　頬をすりよせ呟く
「また逢えるよね。きっと」
私は生きているよね
きっと……

ポンコツ

部品を失い　錆びつき
ガタガタ　ギチギチいう
いつ止まるともしれないロボット
目の電球が力なく消えてしまっても
あなたは変わらずにいてほしい
今は無理でも　きっといつかは……

今の向こうに

私は歩く
何処までも　何時までも
私は進む
どんな時も　何があっても
私はふり向かない
何も始まらないし　悔みたくないから
私は立ち止まらない
弱さを曝け出してしまいそうで

私は泣く
大声を出して
掻き毟り
怒りたつ
時には声をおし殺し

決して拭わず
体を丸め
震えている

それが今
ありのままの私
向こうに生きるための今

気持ち

大丈夫？
大丈夫。
それが口癖となった貴方と私

本当でも
嘘でも
どうでもいい
私はそうあなたに言う

大丈夫？
大丈夫。
今はそれだけで幸せ
貴方がいて私がいるだけで

いらないのなら

乱暴に水をまきちらし　命の炎を消してしまうなら
　私にください

芯が燃えつきそうな炎を　私は両手で守っています
　不意に吹く風に消されてしまわぬように
　　自分の息で消さぬように
　震えながら守っているのです
　もう少しだけどうにかと

いらないのなら　私にください
　大切にしますから
　お願いします

つぶやき

ごめんなさい
少しのあいだでいいのです
このどうしようもなく絡みあいすぎた
糸
一緒にほどいてはくれませんか?

それから
ほんの少しのあいだだけでいいのです
このほつれ　裂けてしまった
ところ
共に縫い合わせてはくれませんか?

あなただからお願いします
痛みをほどき

疲れ果てた心を癒してください

あなただけに呟きます
つかの間でいいのです
私はそんなに欲張りではないのですから

意味

　よく聞いて
この世に存在する全てのもの
　おきる事柄には
　意味があるのよ

　だから　よく聞いて
これまでにおこった過去や
今　目の前にある現実
　予測不能な未来は
意味があって繋がっているの

　お願い　よく聞いて
楽しさや喜びだけではなく
悲しみや苦しみにも

意味があるということを

もしかしたら
負の出来事のほうが
学ぶことが多いかもしれないね
追いつめられないとわからないことって
意外に多いものだから

生まれてきた意味
生きている意味
生かされている意味
死ぬ意味に向き合ってみよう

たぶん　それが今じゃないのかな

生きる

思うこと

いつも思うんだ
この苦しみや痛みが
私の知る誰でもなくてよかったたって
私でよかったって
いつも思うよ
そう思うよ
本当に

私という自分

実の私はきっと　とても弱虫で臆病
だから　前を向いて進むことしかできない
　　　立ち止まることも
　　　振り返ることも
深く考えることさえできないんだ
前を向いて　無理でも頑張るしかないんだ

希望

何もわかっちゃいない

一秒先の未来

誰一人として生きてる保証なんてないことを

だから今なんだってことを

ラジオ

眠れぬ夜を　一方通行の会話が埋めてゆく
　私の気持ちなんてそっちのけ
馬鹿みたいに笑って　はしたないほど叫んでいる
　嫌ならＯＦＦにしてしまえばいいのに
　それでも文句を吐きながら聴いている

病になってからの友人　いなきゃ困るもうひとり

石

あなたにこの石をたくします

私が生まれる遥か昔
大きな力によって創られた奇跡
この世に存在する唯一のもの

幾億年かの時を経て
流れに逆らうことなく
ありのままでいる

この石をあなたにたくします

私が生きた印として
あなたが生きる印として

私とあなたが今　生きている証として

さほど遠くない未来

この石の意味を誰も知らなくなったとしても

石はそこに残るでしょう

充分すぎる幸せだと思いませんか？

形在るもの

長いか短いかだけ
いつかは無くなるのだよ
けれど　受け継がれるから絶えることはない
命だけじゃない
形在るもの　遍くそう……
だから怖くない

蟬

最期までの時をいとおしむように
今を愛で　命をまっとうしようとする
　生をうけ　命を繋ぎ
平等な空の下で　力の限り輪唱する
　瞬きの中で輝いて
ひっそりと土にかえる

　蟬がいる
蟬になりたい

終わるまで

時の刻みを感じるうちは
止まるな
たとえどんな事がおきても
君は進め
向い風が体を攫おうとしても
歩を前へ出せ
どうしようもなくなったら
足踏みをする

立ち止まってはいけない
ふり向きたくなるから
塞ぎこんでしまうから
考えてしまうから
立ち上がれなくなるから

もう戻れなくなるから

自分の中だけ
時の流れが止まったら
立ち止まり　空を仰ぎ
瞳を閉じて
握りしめた拳の力を抜けばいい

その時が訪れるまでは
自らの歩みを止めてはならない
決してしてはいけない
そうしなくても
誰にでもその時はやってくるのだから

まだ歩けると言う私に
その日は勝手に近づいてきているのだから

生きる

いるだけでいい
そこにいてくれるだけでいい
それは生きること？　生きている？
私ではない私のままで……

わかっていたこと

これまでと今とこれから

一人の人生が
最初から決められていたとしたら
誰かの手によって創られていたのだとしたら

今　泣き叫んでいても
わめき散らしていても
嫌だと言って駄々をこねても
いいんだよね

わかっていたことならば

二人の私

二度とないかもよ
だから行こうよ
　見てみよう
逢ってみようよ

一人の私が言う

　もういいよ
変わっちゃった自分
わざわざ見せることない
私を見た誰か　心の呟きが怖いよ

もう一人が言う

強さと弱さ　二人の私
紛れもない一人の私

I HOPE

またね
約束できない約束
それでも希望はすてない

またいつか
約束ではない約束
けれど　あなたに逢えることを夢みる

さよならを言うかわりに
ハグをしよう
あなたの記憶に焼きつけるように
君の心に刻み込むように
この思いを忘れてしまわないように

Ⅰ　HOPE　生きたい

睫毛

君はそっといなくなった
髪の毛のように大きな喪失感をあたえることもなく
君はいつのまにか消えていた
けれど君を失ってから　その大切さに気がついた
君がいないと何か変だよ
君がいてくれないと誰が涙をとめてくれる?
君じゃなきゃ駄目なことってけっこう多い

たった一日では分からないけど

幾日かが過ぎたころ優しさに包まれた君がいた

小さくて頼りのない君が戻ってきた

ほんとうに一日では分からないけど

君は生まれ変わってやってきた

私が生き続ければ君は元に戻れる？

毎日待ち望んでもいい？

希望をもってもいいよね？

変化

息をしている
それを気にもとめなかった日々
と
息をする
そんなことを意識し続けた日々

痛みは不幸だと感じていた時
と
痛みのあることが幸せに思えた時

全てが当然のことだと考えていた自分
と

全ては奇跡で繋がっているのだと気がついた自分

変化を貪欲に望んだわたし

と

変化を受け入れはじめたわたし

このうえなく幸せです

わたしという人間は

在る

わたしが在る
わたしらしく在る

ほんの少しの甘え
きつくない程度のはったり
何事にも興味津々
　直感重視
弱さを隠すための強がり
淋しがりの天邪鬼

　わたしが在る
今　この場所に在る

泪

底が抜けたように泣きたくなったら
　泪に溶かして流してしまおう

不意にやってくるそんな日は心の休息日
　ひずみを戻し　穴を埋める

　　心の赴くまま
　気持ちに素直であれ

　それは生きるということ
病と共にある我へのいたわり

物々交換

まったく不公平な取り引き
　生きるための
完璧に弱みを握られている
　　くやしいけれど
　それでも交換するよ
まだ　さしだすものがあるうちは
あいつが「いらない」と言うまでは

いたわり

言葉ではなく
抱きしめるでもなく
いっしょに泣くわけでもない
ただ傍にいる
そんな　いたわりがあること
あなたが教えてくれました

ホントのこと

「なぜ?」
と　私に問わないで
「どうして?」
と　責め続けているのは私だから

「頑張って!」
って　勇気づけないで
「頑張るよ!」
って　笑顔でこたえてしまうから

「大丈夫?」
なんて　見つめないで
「平気だよ……」
なんて　嘘　言っちゃうから

何も言わなくていいんだよ
今の私を知ってくれれば
私という人間を憶えていてくれさえすれば
それだけでいいんだよ

いちぬけ

もういちど　言うよ
比べることはやめよう
もういいの
ないものねだりなだけ
人は人
で
私は私
だから

私は　わ　た　し　に言う
いち　ぬぅーけえた

いのり

祈りと願い

どうか
人の幸せをともに喜び
人の不幸を心から悲しめる
私でありますように……

気がつくと
自分よりも不幸な人を探してしまう
弱い私がいます

知らないうちに
自分と比較している
ずるい私がここにいます

どうか

人の幸せをともに喜び
人の不幸を心から悲しめる
私でありますように

約束

この試練は神様との約束
一つの魂はそれでも頷き　あなたのもとへやってきました
だから　泣かないでください
全てが約束されたことなのですから

この運命はあなたと神様との約束
この試練に頷いて　あなたも生まれてきたのです
けれど　わが身に宿り　生み　育てた命が奪われることは
どれほど辛いでしょう

ごめんなさい
だから　私は約束します
来世があるというのなら　今度はきっとあなたの傍で生き
穏やかな日々をおくり

静かな朝焼けの中で　あなたを見送る人生を選ぶと

神様に願い

しっかりと頷いてから

あなたのもとへやってきます

大好きだよ

あなたはとても優しい子
その笑顔は宝物
愛くるしい全てを身につけて生まれてきた

あなたを宿し
愛しさを知り
あなたに語りかけ
母性を育み
抱きしめる日を
指折り数えた

どうか私のせいで
心を閉ざしてしまいませんように
笑顔を忘れてしまいませんように

失うものができるだけ少なくてすみますように

なくしたものを自分の力で埋めることのできる
　強い力をあなたがもちますように

ありがとう

私の声があなたに届く時
〝ありがとう〟の言葉が
一番多かったら嬉しいな

あなたが私を思い出すとき
最高の笑顔で〝ありがとう〟と言う
私が浮かんだら言うことなし

でも〝ありがとう〟のあと
第二位にピタリとついてくる言葉は
〝ごめんなさい〟

なんだか悲しくなっちゃった

不器用な君へ

優しいけれど　まだまだ未熟な君
　ずっと傍にいて
失敗しそうになったら　君の前に立ちはだかり
失敗してしまったら　肩を抱いて私も泣こう
　できることなら
哀しみの涙より　喜びで涙が溢れますように
苦しみの歯ぎしりより　大声で笑うことがそれをこえますように

君は不器用だから　いらない心配だと思いながらも
　手をあわせ祈ってしまう母がいます

悲しみの中で

友よ
この雨音はもうあなたには届かない

雫が大地を叩きつけるように
幾度も幾度も
あなたの名を呼ぶ

薄暗い宙の中
首を傾げるように笑むあなた
やわらかに言葉をかけるあなた
幸せだと囁いたあなたが浮かぶ

友よ
こんな雨のなか彷徨ってはいないか

ぐっしょりと濡れ
足を引きずるあなたを見つけたなら
駆け寄って毛布で包んであげよう

暗闇から生まれくる雫
今でもあなたがそこにいるようで
〝元気よ〟って手を振ってくれそうで
当然のように生きていると感じる

友よ
悲しくてたまらない
こんな夜は
あなたを偲び
雨にまぎれて私も泣こう

夏の幻

足元に転がる石
川のせせらぎ
夕暮れ間の蟬
朝霧はラベンダー色
雪が残る稜線
わきあがる入道雲
闇夜を照らす灯り
叩きつける雨音
絡まる藤の螺旋階段
懐かしい人
安らぐ香り
優しい時間
時の流れが街の姿を変えてしまっても

私はここが好き
時の流れに巻き込まれずに残るあの頃の街角
やっぱり私はここが大好き

切なくてやりきれず
刹那でもろく　はがゆい
こんなにも愛しくてたまらない
私が生きた場所

強い日差しを浴び
３６５度を瞬きせず見つめ
幻と出会い
また　幻を追う

続ける

今　たす　今　たす　今
は
今日になり

今日　たす　今日　たす　今日
は
日々となる

生きる　たす　生きる　たす　生きる
は
生きていること

生きている　たす　生きている　たす　生きている

は
生き続けること
気持ちを強くもち　心穏やかであるということ

背中

時に恐ろしく怖く
常に私たちを楽しませてくれた
あなた

思い出は尽きることなく
若かりしあなたと
幼く　やんちゃな四人が浮かぶ

ふと過ぎる
こそばゆいひと時と
無邪気な笑い声

欲を張り
忘れかけた記憶を戻そうと

探る写真

明るみに出て
目をみひらき　凝らし
指でなぞる

大きいと
ずっと思っていた
あなたの背中

小さく丸くなった
その背中に　もう一度だけ
あまえてみたい

エピローグ

傍ら

あなたの傍らに
　そっと
腰かけている

　　そんな
わたし（　詩　）でありたい

あなたに寄り添い
　ずっと
頷いている

　　そんな

わたし（詩）でいたい

あなたを愛し
きっと
幸せにする
そんな
わたし　になりたい

著者プロフィール

ちぐさ

1969年4月2日生まれ。
雑草のように強く、たくましく……。
時には可憐な花を咲かせ、
人を癒せる女性になってほしい。
そんな両親の願いのもとに生まれる。
2009年5月9日。
乳がんの告知を受け、今を生きる。

とわの雫 本当の私と出会うために……

2012年7月1日　初版第1刷発行

● 著　者　ちぐさ
● 発行者　米本 守
● 発行所　株式会社日本文学館
〒160-0022
東京都新宿区新宿5-3-15
電話 03-4560-9700（販）Fax 03-4560-9701
E-mail order@nihonbungakukan.co.jp

● 印刷所　株式会社平河工業社

ISBN978-4-7765-3302-3